ÉMILE FAVIN

LE

ROMAN

DE

 ## L'AN PASSÉ

PARIS

TYPOGRAPHIE CHARLES UNSINGER

83, — rue du Bac, — 83

MDCCCLXXVII

ÉMILE FAVIN

LE

ROMAN

DE

L'AN PASSÉ

PARIS

TYPOGRAPHIE CHARLES UNSINGER

83, — rue du Bac, — 83

MDCCCLXXVII

LE

ROMAN DE L'AN PASSÉ [1]

———

I

Je me souviens. Nous nous aimâmes
Tout un matin de cet été.
Le ciel, plein de sérénité,
Nous versait ses plus douces flammes.

J'ai rencontré bien d'autres femmes
Depuis que vous m'avez quitté.
Hélas ! pourquoi suis-je resté
Pris dans vos amoureuses trames ?

C'était, je crois, un matin clair
Et les oiseaux jasaient dans l'air.
Je me souviens. Nous nous aimâmes.

L'amour entre aux cœurs mal fermés.
Si nous avions connu nos âmes,
Comme nous nous serions aimés !

1. Ce roman est extrait d'un volume de vers intitulé : *la Comédie de l'Amour*, et destiné à paraître prochainement.

II

Je t'en supplie, ô ma mignonne !
Par l'amour que nous avons eu,
Reviens un soir vers l'inconnu
Qui t'aima comme une madone !

O fille aussi belle que bonne !
Prends le sentier déjà connu,
Tiens un serment déjà tenu :
Rends-moi l'amour que je te donne.

Nous nous dirons des mots charmants.
Je serai de tous tes amants
Celui qui t'aimera sans trêve ;

Ah ! pourquoi n'ai-je le loisir
Comme autrefois d'aimer ce rêve
Que je ne puis plus ressaisir !

III

Ne viens plus. Ce n'est pas la peine
De retrouver l'amour absent.
Vois donc ! — Il y a plus d'un an
Que je n'ai senti ton haleine,

Comme le vent frais dans la plaine,
Se poser sur mon front brûlant.
Vois donc ! — Il y a plus d'un an !
Ce jour-là, l'auberge était pleine.

Que nous avons fait de jaloux !
Tu disais : tu, je disais : vous...
Nous étions assis sous la porte

Et regardions passer les gens.
— Mon amour est morte, bien morte,
Et c'est à mon cœur que je mens !

IV

Eh non ! je me mens à moi-même !
Je donnerais, en vérité,
Tout un printemps, tout un été
Pour t'entrevoir, ô toi que j'aime !

Oui, j'userais de stratagème
Pour te ravoir à mon côté.
Nous redirions en liberté
Les doux propos que l'amour sème.

Mignonne fille aux yeux si doux,
Les poëtes sont un peu fous.
— Si je faisais un long poëme

Chantant l'amour tendre et vainqueur,
Peut-être dirais-tu : Je t'aime !
Et la joie emplirait mon cœur.

V

Certes ! je donnerais ma vie
O toi que je connus si peu,
Pour entendre un nouvel aveu
De ta bouche rose et jolie !

Oui, je revois dans ma folie
L'éclat de ton œil doux et bleu.
Si tu pouvais savoir le vœu
Que forme pour toi mon envie,

Vers moi bien vite tu viendrais.
Ah ! comme je t'adorerais
O blonde que j'ai poursuivie !

Car, esclave de ta beauté,
S'il te fallait plus que ma vie
J'enchaînerais ma liberté !

VI

Je me souviens. Mais vous, ma belle,
Depuis ce jour d'été charmant,
Vous n'avez gardé qu'un moment
L'ombre de cette amour nouvelle.

Ah ! combien vous fûtes cruelle !
Depuis j'attendis vainement.
Et vous oubliâtes l'amant
Disant : l'amour n'est pas mortelle !

C'est bien ! je ne veux plus pleurer !
Mon amour, je veux l'enterrer
Dans l'oubli profond, loin du monde ;

Et vous, ingrate, que j'aimais,
O ma maîtresse rose et blonde,
Je ne vous reverrai jamais !

TABLE

9 782019 990497